KB042122

밤바다를 낚다

시작시인선 0256 밤바다를 낚다

1판 2쇄 펴낸날 2018년 9월 27일
지은이 여영현
펴낸이 이재무
책임편집 박은정
편집디자인 민성돈, 장덕진
펴낸곳 (주)천년의시작
등록번호 제301-2012-033호
등록일자 2006년 1월 10일
주소 (04618) 서울시 중구 동호로27길 30, 413호(묵정동, 대학문화원)
전화 02-723-8668
팩스 02-723-8630
홈페이지 www.poempoem.com
이메일 poemsijak@hanmail.net

ⓒ여영현, 2018, printed in Seoul, Korea

ISBN 978-89-6021-366-1 04810
      978-89-6021-069-1 04810(세트)

값 9,000원

밤바다를 낚다

여영현

천년의 시작

시인의 말

　그날 남쪽 항구에는 봄비가 내렸다. 나는 사람들 틈에서 영도다리가 번쩍 들리는 모습을 지켜보았다. 누군가는 이 다리에서 첫사랑을 잃었으리라, 멍게에 막걸리를 마시며 항구의 물이랑을 오래도록 지켜보았다.

　행복이란 온전할 때는 느끼지 못한다. 그 감정은 결핍에서 느끼는 갈망이기 때문이다. 충족된 욕구는 더 이상 동기로 작용하지 못한다. 그래서 사람들은 끊임없이 길 위에 선다.
　나는 용기가 없었다. 여전히 나의 결핍을 보여 주는 게 고통스럽다. 시와 내가 분리되길 원했다. 내 안의 가난과 비루는 끝내 밀봉될지 모른다. 몇 개의 시어詩語들만 입속에서 맴돈다. 그러므로 발자국과 발자취는 다르다.

　항구에서 오래도록 물굽이를 바라보며 그리운 이름들을 호명했다. 공복의 바다가 흰 배를 드러내며 죽은 물고기처럼 천천히 뒤집어졌다. 전화를 걸 만한 사람이 없었다.

2018년 4월
여영현

차 례

시인의 말

제1부

민어 낚시

미역밭에서 낚시를 한다
달이 밝아 물속의 내가
나를 보고 있다
짧은 낚싯대를 썼다
입질이 없을 때도 무료하진 않다
내가 나를 모르는데 물고기의
마음까지 얻겠는가,
산다는 건 지구의 회전을 견디는 일이다
별자리가 천천히 원형을 그린다
유성은 사선을 긋는다
수면에 드러난 모든 것이 반짝거린다
민어는 잡히면 꾹꾹 운다
미역밭은 삶과 죽음으로 수런거린다
오, 소멸하는 것이 아름답다

작은 쪽배면 족하다
짧은 낚싯대 하나면
나는 이생을 견딜 수 있다.

갈치잡이

제주에서 여서도麗瑞島 가는 뱃길에서
갈치를 잡는다
갈치는 지느러미가 투명하다
너울대는 스페인 무희의 치맛자락 같다
몸통은 빛을 반사해 물이랑이 은빛이다
하지만 갈치는 빨리 죽고
바다는 금방 빛을 거둔다
그 짧은 몇 초 사이에,
가장 아름다운 순간에,
광휘는 사라진다
빛나는 것은 모두 잠깐이다
사랑도 순간이다
원래 아름다움에는 슬픔이 있다
갈치 낚시를 해보면 안다.

모항에서

혼자 바다를 지키고 있었지요
배는 휘황찬란한 불빛을 달고
무도회장 같은 항구를 떠나갔어요
사리* 바다는 어둠을 삼켜
어두워지지 않은 곳까지 일렁거렸지요
방파제 끝까지 걸어가 낚시를 던졌어요
물고기 입질이든
당신의 연락이든
끝닿는 데서 기다리는 게 낫겠다고 생각했어요
별이 보이지 않았지요
물결은 금세 순해졌지만
생각을 밀어낸 자리에는 다시 당신 생각뿐,
이 비린 생을 뒤척여도 무슨 구원이 있겠어요
큰 배가 항구를 빠져나갈 때마다
긴 여울이 하얗게 뒤를 따랐어요
반복되는 생각만으로 물고기 한 마리 낚지 못했지요
그래도 내 마음의 여적이 사라질 때까지
혼자 밤바다를 지켰어요.

* 사리: 음력 보름과 그믐 무렵 밀물이 가장 높은 때.

슬픈 황해荒海

어초가 된 침선이 갱도에 누워 있다
넙치나 가자미처럼 납작해진 저 침묵
수온은 9도, 수압은 잘 모르겠지만
해무 눅진한 동굴의 시간을 견디기는
어려웠을 것이다

사월은 혁명보다 바다에 어른거리는
둥근 입들의 절규를 떠올리게 한다
바다는 육지가 아니어서 비명이
더 오래도록 남는다
물속 여밭은 온통 신음 소리뿐
닫힌 벽을 긁느라 손톱이 빠지면
이 세월의 가려움을 철철 두 손으로
받아낼 수 있을까

나고 죽는 일이야
조석으로 반복되지만
말 잘 듣는 아이가 되지 말라고
말해야 할 때
역사란 잘못 삼킨 무언가를

끊임없이 토해 내는 일이다

구토한 바다에 꽃잎이 떠돈다
누구도 자유롭지 못한 일렁임에
바다는 파래졌다
한반도가 토해 낸 모순이
천 일 만에 떠올랐다
온 나라가 비릿비릿하다

저 눈물의 아우성 때문에
바다도 멀미를 한다.

노인과 바다

1.

미국의 땅끝 마을, 키웨스트에선
늙은 헤밍웨이가 살았다
말년에 무슨 소설을 썼는지는 모르지만
코앞인 쿠바에선 아침마다 닭이 울었다

2.

키웨스트로 가려 한다.
인터넷도 신문도 없이
물고기만 낚으리라
흔들리는 쪽배에서
싸구려 테킬라를 마시며
저녁 찬거리로는 삼치 두어 마리,
그마저 입질이 없으면
뙤약볕에 졸다가 돌아오리라
남쪽이면 그뿐,
붉은 노을 속을 천천히 걷다가
어디에서 왔냐고 해안 경비병이 물으면
치매의 표정으로 순하게 웃으리라
막 해변에 닿은 난민처럼

손가락으로는 저어기
쿠바 쪽을 가리키며.

환란

아파트 입구로 들어가기 전에
비보호 좌회전이 필요하다
차를 휘익 돌리는데
전조등 앞에 드러난 놀란 짐승,
급히 뜨거운 몸을 떼는
어둠 속 노루 두 마리
교복을 입었으니
채 스무 살도 되기 전,
저 둘은 번개가 먼저 쳤고
천둥은 나중에 울겠다

나이가 들어도
사랑은 어쩔 수 없는 것,
섬광이 지나가고
빛이 꺼지면
어둠 속에서 홀로 듣게 되는
뒤늦은 공명 소리
전조등을 꺼주니
그제야 꽃이, 음영이 되살아난다
깊은 곳에서 우르릉대는

그리운 뇌우

아, 노루가 우는 봄밤은
내게도 환란이다.

거울 앞에서

이곳에서 빛은 좌우를 바꾼다
오른팔을 들면 왼팔이 들리고,
좌는 우가 되고,
머리는 꼬리로 간다
보이는 것은 입체인데
만지면 평면이다
허공으로 뻗은 잔가지들이 어쩌면
뿌리였는지 모른다
그래서 대칭적이다, 라는 말은
좋은 게 아니다
빛의 반사면으로
시선이 돌려진다

손바닥을 댄 채 후우 입김을 불면
나를 반사하는 당신
우유니의 소금 호수를 닮았다
잊겠다, 생각하니 그립다
웃자, 하는데 눈물이 난다
겉을 비추는데
자꾸 속이 들킨다.

독거 시대

텔레비전은 혼자 떠든다
꽃이 몰래 힘을 주는 밤이다
돌멩이는 감자처럼 싹을 틔운다
겨울이 길었던지 두꺼운 상의가
벽에 매달린다
잊힌 별자리를 겨우 찾았다
전화를 걸지 않았으므로
전화가 오지 않는다
봄이 오면 인내도 뿌리가 드러난다
바짝 마른 신경들이 열차처럼 지나간다
눈알이 빠져나간 얼굴에 둥근 구멍이 생겼다
외롭다는 느낌을 몰라 두려워졌다
봄밤의 텔레비전은 두런두런
대화를 시도한다
바라보고 있으면 생각의 돌멩이가 구른다
돌멩이에 싹이 날 리 없었다
그러므로 애국가가 불릴 때까지 잠들지 않는다
꽃 핀다고 돌아올 네가 아니었다.

낮달

자다가 깨어보니 새벽 두 시,
문득 낮에 본 달을 떠올린다
흐린 손톱자국이 일종의 트라우마 같다
백로白露가 지난 하늘은 가파르게 푸른데
거기에 뜬 달은
존재감조차 없었다

한때 유용했으나
이젠 필요치 않은
그러나 아직은 다 지워지지 않은
빛의 그림자,
사랑의 흉터라 부르기엔
잔인하다
그래도 추억인데
강한 햇빛을 버티고 섰던
그 표정이 슬프다

관계가 끝난 자들에겐
특유의 빛이 남는다
버려진 자들이 가지는

핼쑥한 반감反感,
잘 보이지 않는 편린이 어른거린다

내겐 지난 흔적도 아픔이다
당신은 이런 잔영을 의식하고나 있을까
다시 잠들기 어려운 새벽 자리에
낮달이 쓸쓸히 지나고 있다.

여수에 내리는 비

갑작스러운 소나기를 만났을 때 나는 남쪽에 있었다
마음은 공복이었고 길은 허기졌다
저녁이 오자 해변의 외곽이 허물어지고,
세상은 객지라서 다 외로웠다
작은 빗방울 하나에도 쉽게 여수旅愁에 젖어
처음부터 비를 맞기 위해 이곳으로 향한 것 같다
항구의 불빛은 빗줄기보다 더 빨리 바다로 뛰어든다
회색 바다에 일렁이는 둥근 입들,
쓸쓸히 노래를 부른다

비를 만나면 이별도 당연하게 여겨져
유통기한을 지난 모든 추억이 밤바다를 휘감는다
당신은 어디에서 비를 피하고 있는지……
여자만汝自灣 자욱하게 는개 가라앉는 밤
나는 당신을 사랑하지 않았다,
부정할수록
더욱 무겁게 내리는 비
지금 여수 밤바다에 내리고 있다.

혜안慧眼

괴강에서 낚시를 하고 있었지요
루어를 던지는데 고기가 물지 않았어요
옆에서 다슬기를 잡던 노파가 혀를 끌끌 차네요

그거 고무 미끼 아녀유?
쏘가리가 월매나 눈이 밝은디,

아, 쏘가리보다 눈 어두운 사내와
쏘가리만큼 눈 밝은 노파가
함께 저물어가는 괴산 그 강가.

밤바다를 낚다

유성이 이따금 떨어졌다
별의 흰 뿌리가 밤새 황홀했다
외항선이 지나가는 먼바다,
낚싯바늘 하나 던져두면
나는 지구를 꿰고 있는 걸까?
릴의 줄이 자꾸 엉킨다
오늘은 보이지 않는 줄 하나에 매달려
별이 총총한 밤을 건너는구나
나와 함께 우주를 떠도는
물고기들아
너희도 별이 되거라
광활한 바다와 밤이
은밀히 옷을 벗기는 순간에
낚싯대 줄은 느슨히 풀고
딱 한 번 우주의 정사를 지켜보자
저 막막한 넓이에 미끼 하나 속여
바늘에 건 삶이 얼마나 모순이더냐
릴의 줄을 감았다 풀었다 하며
입질 한 번 오지 않는 밤을
나는 별을 다 헤아리고 있다.

모하비사막

허공을 견딜 수 없는 날들이 생겼다
당신은 왜 메마른 절벽만 보여 주는가,
나는 관계를 정리하고 싶다
당신은 대형 트레일러처럼 사납게 나를 지나쳐 갔다
혀에 달라붙는 모래바람이여
건조한 동공 속에서 나는 증발하고 있다
기름 한 방울 없는 내가
사막의 고속도로를 달린다
이 뜨거운 발바닥,
우린 서로가 서로에게 황무지였다
모하비사막은 건너도 사막이다
이젠 당신을 미워하는 일이
내게 남은 연료다
아, 그러나 당신을 벗어나는 출구를 모른다.

슬픈 부재不在

제주는 섬이라서 바다가 아주 많다
수평선엔 집어등을 밝힌 고깃배로 사방이 환하다
잠깐 환한 것이 그리움을
이기는 것처럼 보였다

나는 그 바다에서 또릿또릿하게 눈 뜬
물고기를 낚고 싶었다
바다 한가운데서
역설적으로
바다를 잊고 싶었다

별똥별이 물빛 속으로 사라지며
푸른 인광을 남긴다
희망 고문이란 말을 아는가,
나는 물속 깊이 낚싯줄을 내리며
무얼 기다리는지도 모른 채
기다리고 있었다
소식이 없는 바다는 외로운 곳이다

아니라 했으면 진작 떠났을 것이다

떠났으면 벌써 잊었을 것이다
이 애매한 간극에서 물결은
일렁인다
바다 한가운데서 바다를 잊을 때는
온전히 기다리는 대상에
빠진 때이다

당신은 원래 없었다
제주는 섬이어서
온통 바다뿐,
바다에 일렁이는 내 생각뿐……
어쩌면 나도 없었다.

어떤 바람

편향으로 기울어진 하늘이 온통 가물어요
비가 오기를 기다렸지만 한두 방울 갈증만 더하고는
당신을 지나갔지요
당신이 동으로 갔다는 소식은 들었습니다
내가 서쪽으로 이만큼 왔으니
당신은 좀 더 동쪽으로 가세요
그러나 너무 멀리 가지는 마세요, 두렵기도 해요
지구는 둥그니까 서로가 등 돌리고 가다 보면
또 마주칠 수도 있잖아요
이 행성에서는 제발 다시 만나지 않길 기원합니다

깨진 병이나 유리가 반짝이지요?
우린 깨졌어요, 깨지면 누구나 날카로워진답니다
곧 밤이 오면 얼마나 많은 상처가 반짝이겠어요
오늘은 현충일, 차라리 죽은 별들을 위해 묵념을 하겠
어요
당신을 사랑하지 않았어요.

아픈 착시

나는 지구라는 별에 태어나 밤의 대기를 천천히 항해하고 있다

어린 시절엔 내가 이 별을 운행하는 조종사인 줄 알았지만

지금은 내가 다음 역에서 내려야 할 승객임이 분명해졌다

광활한 우주를 떠돌던 검은 밤들, 왜 외로움이 없었겠는가?

이 행성이 푸르게 빛나는 건 다 당신 덕분이다

삶이 어리석어 별과 달과 해를 보면서도 정작 지구를 보지 못했다

지구 위에서 당신을 만나고도 알아보지 못했다

거짓된 연애, 거짓된 예수, 거짓된 대통령, 하물며 지구가 둥근지도 몰랐던

청맹과니의 아픈 착시.

그날의 후회

낮선 포구의 밤은
고흐를 생각게 한다
소용돌이치는 것은
다 슬프다
바다의 암연,
술병을 든 남자,
도망가는 감정,
중독된 그리움
아, 그때 네 혀를 깨물었으면,
떠난다는 그 입을 막았으면,
소용돌이치는 별들이
밤바다로 뛰어드는 것을
어쩌면 막을 수 있었을지도 모른다
내 눈동자엔 별들이 소용돌이친다
세월이 악몽이다.

늦게 온 휴가

밀물과 썰물 사이에 파도가 있었다
바지락을 캐는 아낙도,
고기를 잡는 새들도
다 그 사이에 있었다
들숨과 날숨 사이에서
사람들은 텐트를 쳤다
휴가를 나온 구름이
온종일 나를 따라다녔다
몰래 한 생각이 전화를 걸려다
스스로에게 들킨다
사는 게 다 죄짓는 일이기에
잠깐은 용서하리라,
바다는 깊었고 가라앉은 배들은
불쑥불쑥 나타났다
여름이 끝나 가는지,
해변에 남은 발자국들이
어지럽게 달아났다
간조의 바다에는
멍울 같은 섬들이 생겨난다
당신이라면 침을 삼키는 데도
고통이 따랐다.

강가에서

물빛에 비친 내 그림자를 본다
물이 토해 낸 나의 외곽을 본다
포장도 뜯지 않은 채
당신이 돌려보낸 내 마음을 본다.

남만南蠻에서

참치는 순간 시속 130킬로로
헤엄칠 수 있다
참치가 그토록 빨리 바다를 유영하는 것은
숨을 쉬기 위해서다

너를 생각할 때마다 나는 질주하는
기분이 든다
중심을 향해 던진다는 것은
중심을 잃는다는 말이다

내가 숨 쉬기 위해서는
나를 던질 수밖에 없다
당신 안에 가라앉지 않기 위해
나는 자맥질 친다

남만의 바다는 따뜻하다
당신도 그랬다
참치는 그 온도를 벗어나기 위해
온 힘을 다해 달아난다
숨 쉬기도 어렵다
나도 그렇다.

그 여름날 개망초꽃

타는 슬픔이나 그리움도
한때 피는 꽃과 같다고
고향 집에서 눈뜬 날
슬리퍼를 끌며 집을 나섰습니다
들길 끝에는 여윈 강물이
개망초꽃만 잔뜩
눈물처럼 길러냈습니다
생각해 보면 내 살아온 날들
어느 하루가 꽃처럼 환하고
반듯한 날 있었던가요
개망초꽃을 바라보니
이게 꽃인가 싶었습니다
그나마 무리 지어 피니
먼발치에선 노랗고 환한 꽃 무덤을
이루었습니다
내가 살아온 날들도 한데 모으면
어떤 빛깔로 떠오를까
생각해 보았습니다
물소리를 잃은 강은
눈앞에서 오래도록 머물렀습니다

개망초꽃 그림자를 끌며
천천히 흘러가는 나를 보았습니다.

유배지 소식

나는 지금 제주의 바닷가에
앉아 있다
바다를 처음 본 듯,
하늘을 처음 본 듯,
당신의 언어들이 목선처럼
수평선을 지나고 있다
그리운 자에게 모든 곳은
귀양지이다
사랑도 권력인가,
파도는 사약처럼 끓고
당신은 제왕처럼 소식을 주지 않는다
수평선을 바라보면
눈시울이 뜨거워진다
이 절절한 기다림이여,
내가 다산茶山이다.

화석을 발견하다

그 여자가 쓰다가 비운 방은 먼지로 가득하다
작은 보풀들, 나뭇잎 부스러기, 실오라기
먼지가 될 만한 것들이 천천히 허공을 유영하다
잊힌 여자가 우주 탐사선같이 처음의 발자국을
바닥에 꾹꾹 눌러 놓은 채 사라졌다
문을 열면 그 사랑의 체적이 먼지로 쌓여 있다
상처가 먼지를 필요로 하는가,
누군가 머물다 간 공간은 꼭 그 무엇을 필요로 하고 있다
어느 틈새인지 스스로의 무게를 견디지 못하는 것은
모두 먼지로 내려앉았다

내 마음의 오래된 자리, 먼지의 방에 또 누군가가 다녀갔다
컴퓨터 속에도 먼지가 쌓이는지
분명 문을 꼭꼭 닫아 두었는데도
수북한 스팸 메일, 창고마다 용량을 초과한 먼지들이
눈물 없이도 기억의 방에서 창 닫고
문 닫을 때마다 풀썩거린다

상처를 지우느라 며칠 동안 가슴을 앓았다
사랑은 늘 깊고 딱딱한 화석 발자국을 도처에 남겼다.

사랑도 환멸이다

일본의 시모다에선 이월에도 사쿠라가 핀다
꽃들이 만유인력처럼 나를 당긴다
나는 아, 하고 탄식하며 사진을 찍는다
꽃망울마다 내 슬픈 문양을 한 장씩 찍어낸다
분명 햇볕 닿지 않는 너의 그림자 아래에서
꽃 피지 못한 침묵이 나를 앓게 했다

꽃샘바람이 가지를 흔들어도
나를 당기는 인력에서 벗어날 수 없다
햇볕 들지 않는 오한의 그늘,
사쿠라 사진을 찍다 보면
꽃 피지 못하는 내가 찍힌다
이마를 짚어보면
홍염이 붉다

길은 여기가 끝인가 보다
먼저 피는 꽃을 보려고
이 멀리까지 오진 않았다
사랑도 지나치면 환멸이다.

회복기

간조 때마다 폐허가 생겨
배들이 눕는다
갯벌에 찰랑이던 물결을 데리고
수평선은 멀리 도망갔다
이게 가능이나 한 것인가?
배가 떠나야지
바다가 도망친다는 것,

아프다 하니
구름이 손바닥을 펴서 이마를
짚어 준다
별것 아니다 생각하니
갈매기는 흰 똥을 찍 갈기고 간다
깊고 눅눅한 바닥에 주저앉아
아프다, 별거 아니다
수없이 생각을 바꾼다

갯벌에서 배가 기울어져 있다
마음이 요동을 치니
빈 배도 멀미를 한다.

말과 함께

말이 달린다 갈기를 세운 채 입 밖으로 나와
마구 앞발을 세운다 경마장도 아닌데
조련되지 못한 말들이 날뛴다
취한 말들은 서로 어깨를 부딪쳐
소주병처럼 깨지기도 한다
말의 잔상이 푸르게 반짝거린다
풀어 놓은 말들은 대체로 사납다
모든 시작은 사소하지만
끝을 감당하기가 어렵다
당근이나 채찍으로
통제할 수 없는 말도 있다

말은 작은 소리에도 놀란다
어떤 말은 침묵을 유지할 때
상황을 더 악화시킨다
모두가 말 때문에 상처를 받는다
나는 애마를 잃은 것이다
웃고 있지만 눈물이 난다
우리는 갈라파고스 어디쯤에서 헤어졌을까
요즘은 그때 표현하지 않은 말이

자주 떠오른다
내 말은 확실히 잘못되었다
사랑한다는 그 말.

꽃 진 자리

새들처럼 꽃 이파리도 하늘을 난다
낮게 흐르는 꽃잎은 벌써 청잣빛 하늘
화문花紋 하나를 찍고 있다
과목 아래를 걸어본 사람은 안다
환한 사과꽃 향기 이마나 등에 찍혀
저무는 한때를 그리워한다는 것을,
바람은 청동거울을 문지르듯 부조처럼 떠오르는
푸른 얼굴을 새긴다 자세히 보면
꽃 이파리 흩어진 뒤의 자화상,
과목 사이를 걸으며 낙화 분분한
한때를 추억하기도 한다
과일의 문양에 맞는 둥근 체적들,
아마 희망의 한순간을 준비하고 있나 보다
조급해지는 마음이 한 호흡을 앞서간다
그렇다, 꽃은 벌써
진 자리에서 다시 피고 있다.

내 마음의 수몰 지대

내가 살아온 고향은
부항댐 생긴 뒤로 사라진
시골 동네,
서랍 속을 뒹구는 오래된
핸드폰 같다
밤이면 그 골목이 그립다
당신의 음성은 늘 부재중이어서
기억이 닿을 수 없는 자리부터
눈물이 시작된다
물속으로 푸른 인광이 어릿거린다
난시의 외등 불빛을 지나며,
내 지병은 그리움인 걸 안다
수몰된 마을처럼
마음이 골목길을 놓친다
호수로 변한 물가에 서서
내가 살던 집 지붕 위로
이젠 낚싯대를 던진다
나는 실향민이다
당신이 그런 고향이었다.

어떤 안부

꽃요,
이곳에 벚꽃이 피고 있어요
외롭다거나
그립진 않습니다
삼월에
꽃이 피고 있다는 소식,
그게 다예요

날이 차가울 뿐
마음이 시린 건 아니고요
꽃 생각 외에
또 무얼 떠올리겠어요
부디 오해 없길 바랍니다.

결말을 생각하다

롯데마트에 갔다 어물전 생물(이건 죽은 고기라는 뜻이다) 새끼 우럭이 6,900원, 돔이 23,000원이다

사진을 찍으니 직원이 이유를 묻는다 대붕의 뜻을 꼴뚜기가 알랴, 낮술에 흔들리는 쪽배가 포구에 닿으면

선술집에 횟감 던져주고 저녁밥이나 얻어먹으리니, 지금은 시세를 알아보는 중이다

돔 세 마리만 잡으면 삼겹살도 가능하고, 우럭도 두 마리면 한 끼 식사는 될 것이다

나는 소진으로 벌써 하구에 다가선 느낌이다 더 나이 들기 전에 돌아가야 하는데, 아직 자식들은 어리고, 모아놓은 돈은 없고, 이 나라의 복지는 몹시 불순하다 내 늙어 바다에 닿아도 나를 찾는 오랜 벗이나, 곱게 눈 흘겨줄 여인네가 있으려나?

부질없는 세상 부질없다고 파도는 허하게 밀려들고, 나는 밥 한 공기 생각하며 낚시를 던진다 반은 햇볕에 졸고, 반은 물이랑에 시린 눈을 부비는 늙은 내가 있다

변혁, 혁신, 4차 산업, 리더십, 성공…… 엿 먹어라, 나는 할 만큼 했다.

두물머리에서

내 마음에
빈 항아리 하나 묻혀 있어
평생 그 속을 돌아 나오는
저 물소리, 바람 소리……

먼 산골 배바쁜 물살도
이 정도에 닿으면
늙고 지친 마음이
서로의 살과 마음에 스며드는데
도망쳐도 따라붙고
사람 속에 파묻혀도 꼬리를 무는
외로운 파랑波浪이여

한 몸으로 숨을 고르며 분별과
구분으로 아직 채워지지 않는
두물머리 강가
사람 속에서도 사람이 그리운 건
당신 때문은 아니겠지요,

여울의 새는 물속만 바라보고,

물속의 피라미들은 또 수면 밖으로
튀어 오르는 이 평생의
어리석음 또한
강물 탓만은 아니겠지요.

거제도 몽돌밭

물고기야 입질을 하든 말든,
저렇게 밖으로 부드러우며
안으로 힘의 완급을 조절하는
강인한 본성이 물에 있다는 것이
놀랍다

물이 달래고 속삭이며 다듬는
몽돌 해변의 작은 조약돌이
물결이 지나갈 때마다
별처럼 부딪히며
반짝반짝 소리를 낸다

바다의 파랑에 귀를 적시고 있자면
정작 슬플 때가 있다
덧없던 욕망과 부질없던 집착
허허로운 파도와 공명하는
세상 외로운 포로가 몽돌밭에 선다

나는 낚시를 핑계로 오래도록
물가에 서 있었지만

그 시간을 후회한 적은 없다
어떤 아픔은
지구를 둥글게도 하기 때문이다.

제2부

은하계 사진

병원에 다녀온 아내가 사진 한 장을 내민다
초음파로 찍은 희미한 은하의 모습이다
갓 생긴 성단이 자궁에 자리 잡은 후
처음 보내는 빛의 파장,
검은 공간에서 목화송이처럼 생명이
하얗게 부풀고 있다
인화지에 드러난 아프로스가
나의 눈길을 붙잡는다
그 은하의 중심부를 손가락으로 짚어보니
몇억 광년 떨어진 그곳에서
벌써 둥근 입 하나가
손가락 끝을 쪽쪽 빤다
신생의 잠이 아프로디테처럼 눈부시다
중력에 이끌린 별 무리가 속속 빨려들고
그 파장에 나도 소용돌이치는데
생명의 중심부가 하, 밝다.

껍질에 대하여

완두콩이나 강낭콩, 혹은 열매를 품은
초록의 그 모든 껍질에 대하여 생각해 본다
봄, 여름 내내 다듬었던 푸른 입자들
태양의 결로 빚은 섬유질의 섬세한
질서들에 대하여 생각해 본다
올여름 폭염, 그 가뭄 든 살림에도
뿌리의 젖줄 빨며 열매들 다디달게 자던
작고 아늑한 초록빛 그 방을 생각해 본다

요즘 같은 세상엔 나도 그런 방 하나
가졌으면 한다
자다가 실눈 뜨면
부신 유채색……

세상으로 가는 길, 꼬투리부터 메말라
우리가 가진 껍질은 너무 크고 완강하다.

엄마 밥상

밥상은 느리게 차려졌다
내가 좋아하는 무생채와 콩나물무침,
어릴 적엔 귀해 못 먹던 갈치도 있었다
무얼 그리 물끄러미 보시는지
나중에 거북이가 되시려나,
엄마는 아주 느리게 움직였다

느린 것에는 슬픔이 있다
한 번 지나가면 되돌리기 어려운 순간을
기억하는 사람만 천천히 움직인다
핸드폰으로 사진을 찍자니 나도 슬펐다
엄마의 마지막 밥상은 그렇게
한 장 사진으로만 남았다

한 생애의 허기가 좀체 가시지 않는다
볼이 미어지도록 먹고 싶은 밥이
사진 속에서 여태 김을 내고 있다.

꽃 피는 상가喪家

삼월 광양엔 매화가 핀다는데
나는 서울로 문상을 간다
고속열차를 타니
꽃 터널이 환영처럼 생긴다
너무 빨리 지나치는 것은
차원이 다른 우주와도 같아
그림자가 없다

삶이 잠깐이면 향기라도 짙을까,
죽은 자를 핑계 삼아
산 자들이 회식을 한다
먼 곳에선 매화가 벙글어
망자의 발바닥엔 화문花紋이 휠 것이다

꽃 핀 자리, 꽃 진 자리 분간도 없이
이생을 관통하는 고속열차여
남도에선 매화가 핀다는데
상갓집에선 아무도 건배를 하지 않는다
다투어 피고 또 지는 꽃 소식처럼
서로 부르고, 불릴 것임으로.

눈동자론

아이들의 수정체는 맑고 투명하여
사물의 빛을 모으기 좋다
초점이 잘 맞춰진 그 눈 깊숙이 바라보자면
여린 잎사귀 하나 하느작거리는데
거기엔 만물의 중심이 또렷하다
혹자는 그 속에서 초록 별을 본다지만
그건 아니다, 눈동자란 빛을 내는 게 아니라
빛을 빨아들이는 무엇이다
우리 아이의 눈망울엔 나비 고양이 자동차가 있다
볼록한 렌즈는 투과력이 어찌나 좋은지
사물이 통과할 때마다 얼른 빛을 낚아채는
푸른 엽록소가 가득하다
어린 눈길은 늘 이건 뭐지? 하고 잎맥의
그물망을 활짝 펴는 것이다

그 작은 블랙홀 속으로 나도 아내도 속속
빨려 들어간다
빛을 내라고
아니 조금만 더 빛을 흡수하라고……
살아가는 이유가 다 빛나기 때문은 아니다

현상의 힘

나는 입자나 파장을 좋아한다
그런 것들이 나의 눈에 포착되었을 때
비로소 생명이 자라기 때문이다
밤하늘 불꽃이 그렇고
별들이 그렇다
내가 보듬어야 자라는 씨앗과 같다
그래서 나는 물질보다는
현상을 좋아한다

제 엄마에게 스마트폰을 뺏긴
딸아이가 울다 학교에 간다
눈물은 물질이 아닌 현상이 분명하다
집 나서는 딸을 쫓아가
어깨를 감싸 주었다
위로받고 싶은 상태라는 것이다
나는 딸의 눈을 바라본다
초겨울 같던 그 아이의 싸늘한
눈물 속에서
파란 풀씨 하나 생긴다
어떤 파장이 그곳에 도달했는지

지금 초록 별을 보고 있다

버스 정류장으로
깡충깡충 뛰어가는 딸,
영악한 사춘기 소녀는 알고 있다
오늘 내가 제 엄마를 구슬려
스마트폰을 돌려주리라는 것을
내가 제 편을 든다는 사실을……
횡단보도 건너로
입자 하나가 멀어지는데
그 파장이 길게 남는다
모든 생명은 그런 힘을 지닌다
그게 미세먼지 속에서
우리가 살게 하는 힘이고
물질이 아닌 현상이다.

비 오는 날의 세차

동네 세차장 아저씨는
언제 낚시를 가느냐고 물었다
기약은 없지만 늘 나는 자연산 우럭을
선물하겠다고 큰소리쳤었다
무뚝뚝하더니, 내 차에 실린
낚싯대를 본 후 자주
바다 얘기를 한다
어쩌면 세차장 밖의 물이랑과
소금기 같은 것들,
그에겐 초점이 잘 맞아야 보이는
그리움 같은 게 있다

오늘 흙비가 내렸지만
나는 세차장으로 갔다
그리고 바다에서 갓 잡아 온
물고기 두 마리를 건넸다
그러자 그가 자동 세차기를 다시
돌리려 한다
내가 한사코 마다해도 한쪽 눈을
찡긋 감는다

눈을 맞추니 그제야 망막에
약한 빛의 음영이 맺힌다
아, 저런 게 별인가?

봄비 내리는 날
아저씨는 매운탕을 먹겠다
사장이 알면 한 소리 듣겠지만
나는 공짜 세차를 한다.

깊은 바다

불경기 속에 감원 선풍이 몰아치고
흰 눈발 속으로 또 몇 명이 짐을 쌌다
그래 소주라도 한잔해야지,
허물어지듯 바다의 한쪽을 밀고 들어서면
환한 수족관 속을 유유히 헤엄치는
우럭 한 마리,

깨끗한 접시 위에 둘러앉아
가슴 속 붉은 살 한두 점씩 떼이며
위로받고 위로하다 이젠 입사 동기가
몇 남았더라? 헤아리기도 두려워
아줌마 소주 한 병 더! 소리 지르곤
커다란 입을 뻐끔대는 우럭을 본다
놈은 멋있게 생겼다 툭 불거진 눈,
투구를 쓴 듯한 머리통
험상궂은 얼굴이 전형적인 무골武骨이다
횟집 접시 위만 아니라면 세상 어디에 내놔도
살아갈 것 같다

횟감을 씹을 때마다 바다의 힘줄과

남은 항로마저 툭툭 길을 끊고
어느 사이엔가 횟집 유리창으로 무너지는
흑백의 수평선을 보았다
몇 번의 일렁임을 참는 동안
두 눈 부릅뜬 채로 맞는 종말도 있고
그 힘겨움에 술이 독하게 쓴 날도 있어
나는 물굽이 같은 상추 한 잎으로
우럭의 눈을 가려주었다

떠나는 자들도
잔을 놓곤
말없이 붉은 얼굴을 감쌌다.

사초史草를 남기다

운두령 고갯길에 송어 횟집이 있다
오래전에는 공비도 있었고
공산당이 싫다는 어린 소년의
무참한 죽음도 있었다

눈이 내린다
나는 사진 찍기를 싫어하는 아들과
이어폰을 낀 딸과
돌아갈 길을 걱정하는 아내와 마주 보며
회를 초장에 쓱쓱 비빈다
운전 때문에 동동주는 한 잔만 한다
폭설 주의보 때문인지 모른다

간혹 수성, 금성, 목성
이런 별들이 일렬로 한데 모이면
천문대마다 난리였는데
오늘은 무지개송어와
강원도의 육중한 눈 산,
네 명의 식구까지 모이니
이런 장엄한 광경이 또 있겠는가,

때는 정유년 초사흘의 일이다

나는 사관史官처럼
이 찰나를 기록하고 싶었다
비록 아이들의 비협조로
가족사진은 없지만,
그래서 돌아오는 길에 화는 냈지만,
일지에는 태평성대라고 쓴다
여왕은 곧 퇴위를 할 것이다
무장공비도 없고
정월에 질펀히 눈도 내렸으니
풍년이 들 것이다
평창에 적설이 한 자였다 기록한다.

봄에 내린 폭설

이십 년 만에 만난 그는
각개전투장 같은 세월을 건너
보험 외판원으로 왔다
자신은 이젠 보병 장교가 아니라
보험 컨설턴트라고 한다
세상의 자욱한 포연에 무슨
얘기를 나눌 수 있겠는가
그저 눈으로 짚어보는 서로의
깊고 고단한 안부에
일회용 컵의 녹차가 식고 있었다
친구는 내가 잘 살고 있어
다행이라고 했다
그리고 폭설이 내린 거리로
조심스럽게 걸어 나갔다
아, 삼월에 웬 눈이 쏟아지나
장난스럽게 나무 밑동을 툭툭
걷어차며
스스로 꽃눈을 만들며 걸어갔다
우리는 보험 얘기는 차마
꺼내지 못했다

그는 너무도 많은 거절을
당했을 것이다
나는 너무도 많은
보험을 들고 있었다.

봄날은 간다

아내를 꽃나무 앞에 세우고
사진을 찍다 보면
봄도 잠깐이다

벌써 매화의 반이 사라지고
꽃은 응달진 쪽으로만 남아 있다

그 남은 풍경에 의지하여
아내의 얼굴을 찍는다
반 정도 붉게 남은 홍매처럼
아내의 볼도 어중간히만 붉다

함께 늙어가니 알겠다,
이젠 그늘진 쪽이
오히려 고와 보이는 얼굴

난 봄날이 짧아서 좋다
평생 봄이었다면 없을 일
내 반쪽의 사진을 찍고 있다.

민어

서쪽 바닷가에서 고기를 낚았어요
민어는 백성의 물고기라지요
살코기는 회를 뜨고
머리며 뼈는 매운탕을 끓였어요
저녁 식탁을 위해
시장에서 무와 콩나물을 사 오고
인터넷을 뒤지고,
알과 부레, 생선의 껍질까지
버릴 게 하나도 없었어요
함께 밥상에 머리를 맞대니
민어가 왜 서민의 물고기인지를 알겠어요
우리 사랑도 그렇게 하나
버릴 게 없었으면 해요.

삼우제

모삿그릇을 챙겨
산에서 돌아오던 날,
불도 켜지 않은 채
어머니의 장롱을 정리한다
어둠 속에서 꺼내는 옷가지마다 오래도록
코끝에 대고 냄새를 맡는다
방 안에는 나프탈렌 향이
자욱하다

시간의 포충망에 사로잡히는
이 해묵은 냄새,
묵은 옷을 꺼내 입을 때
우리는 그 무엇의 냄새를 맡는다
있는 듯하며 없는 것,
없는가? 하면 풀풀 냄새를 풍기며
제자리를 찾아드는 것,

그래서 사람은
세상 밖으로
갑자기 사라지는 신기루가 아니다

나프탈렌처럼 진한 체취로 좀을 없애고
집 안의 벌레들도 쫓고
부지런을 떨다가 아주 조금씩
공기 중에 제 흰 살갗을 부비며
서서히 사라진다
옷의 크기를 줄여 입던 어머니의 작아지는 몸집을
볼 때마다 그렇게 생각했다

삼우제 날 밤에는
눈이 내렸다
앞이 어두웠던 어머니처럼
흰 눈은 더듬더듬 노안老眼으로도 용케
우리 집 마당을 찾아 내렸다
먼 데서 온 친척들이 그 위로 몇 점
발자국을 찍으며 사라지고
어머니 방에는 배추흰나비처럼 나프탈렌 향이
밤새 날개를 떨며
폴폴거렸다.

아내의 원형 탈모

연구년에 가본 미국은 살 만했다
남부 사람들은 대부분 친절했고 경찰은
약간 무서웠지만,
공포를 가진 자들은
원래 그런 얼굴을 하는 법
대신 황인종은 얼굴에 마스크를 썼다

한국에 돌아오니
먹고사는 문제가 아니라,
죽고 사는 문제만 논의가 되었다
미사일 때문에 술자리에서도 다퉜다
미세먼지가 망막에 쌓이고
눈먼 고기들이 한반도는 썩었다며
흰 배를 드러냈다

잠든 아내의 이마를 짚어보니 미열이 있다
아이 둘을 키우는 여자는 민감한 지표생물 같다
지정학적 모든 공포가 지금 그녀의 백혈구와 싸우는 중
이다
아내의 원형 탈모가 커지고 있다.

부재중不在中 전화

문상을 다녀오던 길은 벌써 새벽 세 시
어느 환한 웃음의 영정 사진을 전람회 구경하듯,
소주 한 잔에 두 번 절하고 돌아오는 길
밤하늘은 깊이가 가파르다
오동잎이 지는 아파트 앞 공터를 지나다
문득 영안실 불빛을 지키고 있을
망자의 무료함을 생각하니
내가 서럽다
살아 있는 사람들은 서로 명함을 건네받고
아직 발목이 빠지지 않은 걸음으로
천천히 담배 연기를 마신다
장례식장은 구릉의 불빛,
매운 쑥 향으로 조금씩 육신의 기억을 토해 낸다

나는 집으로 오는 길에
오랜만에 죽은 자의 번호를 눌렀다
벌써 전화를 받지 않는다
캄캄한 우주를 공전하느라
자주 신호가 끊긴다
액정에 뜬 전화번호를 본다
벌써 별 하나가 부재중이다.

여수

내 사촌 형은 말더듬이다
전기공학을 전공했으나 전류가
잘 흐르지 못했다
그래서 친구 누나를 소개해 주었다
꽃을 선물하라고도 일러주었다
물론 사촌 형은 그녀를 두 번 만나지 못했다
무슨 꽃을 사주었는지도
입을 다물었다

여수는 유채꽃이 환해서
사월의 바다를 건너는 향기가 아렸다
곤충들은 빛과 냄새,
어떤 것으로 꽃밭을 찾는지 나는 알지 못한다
상가喪家에서 친구 누나를 봤다
이십 년 시간의 빗금,
얼굴이 실금 간 작은 종지 같았다
그녀는 한 번 본 사촌 형의 이름을 기억했다
바다를 지난 유채꽃밭까지
슬리퍼를 끌며 따라 나왔다

"세상에 조화를 사다주는 남자가 어딨니?"
등 뒤로 바다가 일렁거리자 유채색의 긍정적인 느낌이
오히려 사람을 작게 보이게 했다
벌은, 등에는, 빛깔과 향기 무엇으로
이 꽃밭을 찾아낼까?

"그래도 그 남자 웃겨, 오, 오래 두 두고 보면
향, 향기가 날 겁니다, 하더라"

더듬는 말을 따라 하는 그 일렁임에
나는 시린 봄 바다를 바라보기 어려웠다
어딘가 비슷하게 보이는 슬픔이다
"잘 살지?"
나는 엉뚱하게 물었다

여수는 참 멀다.

우리는 무엇으로 사는가

여름 학회를 마치고 나니
제주에 구름이 지나갔다
비행기 시간이 조금 남아
동문시장에 들러 늦은 점심을 먹었다

식당을 나오는데 모퉁이에 쪼그려 앉은 노파
손톱 밑에 검은 흙을 보니
홀로 농사를 지은 게다
플라스틱 소반의 저 통마늘이야
다 팔아야 만 원, 이만 원……
나는 지나던 걸음을 돌려 통마늘 한 소반을 샀다
노인의 눈동자는
말린 옥돔의 그것처럼 물기가 없다

"한 소쿠리 더 샀쑤꽈?"

나는 처가에서 보낸 마늘이 많다고
지금은 비행기를 타야 한다고 일러주었다

"근디 와 샀쑤까, 아 내 갈아줄라꼬?"

나는 고개를 끄덕이지 않았다
돈 만 원을 노파에게 건넸다
이제 두 소반만 더 팔면 그 고된 몸이 집으로 향하리라
대체 우리는 왜 이렇게 사는지 모르겠다
가방을 끌며 시장통을 나서는데
금세 길이 흐려졌다
눈물이 쏟아져 어느 방향에서 택시를 타야 할지 모르겠다
고구마에 묻은 흙을 털어내던
농투성이 손이 떠오른다

아, 김천 장날 평화시장의
내 어머니
그 남은 몇 소반을 팔고 오던 길
저녁달이 뜨면
그림자는 또 얼마나 길었을까?

지평막걸리 한 잔

어머니 돌아가시니 새삼 부질없다
쇠고기 사서 들를 고향도 없어지고
누나와 동생들
얼굴 보기도 어렵다

이장 때 본 선글라스 같은 황골黃骨의 시선
퀭한 허무가 보이는 그 무덤가에서
나는 천국도 버렸다
휴일 저녁 짙어오는 땅거미에
가문비나무를 적시는 빗줄기가 굵다

아이들 키 크는 것을 빼면
남는 게 없다
막걸리 한 잔 마시다
내 몫을 저울에 달면
시골 학교 선생이 되었다는 것,
서울에 팔고 온 아파트 값만 올랐다는 것

삶은 소유가 아니라지만
이건 너무하다

어차피 양지가 아닌데도
내 영역의 한 축이 편향으로만 기운다
저녁 뉴스에서는 핵과 미사일이 말문을 트고
이 개와 늑대의 시간에 걸려 오는
안부 전화도 없는데
빗소리는 파전을 연상시킨다

내 아내는 페미니스트가 아니라
단지 시간이 갈수록
지평이 분명해지는 여자
오늘은 궂은 빗소리에 두 귀
흐려지는 남자가 측은한지
김치전을 부친다
한 생의 눈금을 되돌리기 어려운 지점에서
막걸리 한 사발은
엄니의 젖 같기도 하여
나는 취하지 않고도 취한다.

제3부

순교자들

을미년은 곳곳에서
참극이었다
나는 세상이 두려워
남쪽으로 차를 몰았지만
뒤따르는 내 발자국마저
스스로 두려워했다
새들이 사라진 벌판으로 도망자처럼
무채색 구름이 돌아다녔다
공포 속에 여린 새들은
덤불 속으로 숨었고
인터넷 기사엔 욕설이 댓글로 달렸다

차라리 눈보라가 편했다
떨어진 열매는 죽어서도 심장이 붉을까
한반도가 점점이 눈 속에 박혀도
모르는 척 폭설이 내린다
들판엔 온갖 나쁜 소식을 다 쏟아낸 송전탑이
순교를 결심한 듯 팔을 벌린다
잘 가거라 한 해여,
목을 조르던 손들은 일시적으로 멈출 것이다
망각 또한 세상을 하얗게 덮을 것이다.

해변의 카프카

달이 뜨면
고요하고 집요해라
한세상의 사심이여
나는 저 완전한 원형이
불안하네
무엇이든 차면 기운다는 그 말씀
그러나 차지 않고 벌써 기운 그 말씀,
세상의 모든 말씀은
불공평하네
백야엔 지구의 반사면이 밀물로
차오르네

신은 위대했다
노래하지 않아도
내가 사는 세상은 부조리한 문장뿐
보드룸 해변*의 모래밭엔 빨간 인형이 엎어져 있네
어릴수록 빨리 죽고
게처럼 옆으로 기어갈 때 탈이
없었네

죽은 손바닥에선 모래가
흐르네
이 아픈 자각은 낭만적인
휴양지여서
더 슬프네
바이런은 일찍 죽었네
차라리 카프카처럼 새파란 입술로
노래해야지
이 모든 게 부조리한 달빛,
저 달빛 때문이라고……

• 보드룸 해변: 터키의 휴양지, 세 살배기 '쿠르디'가 숨진 채 파도에 밀
  려왔다.

나비야 청산 가자

바닷가 파랑波浪은 꽃 진 자리 같아
벗어놓은 신발만 봐도 꿈자리가 어지럽다
어린 나비야, 호랑나비야, 노랑나비야,
눅눅한 갯가 말고 따스한 황톳길
맨발로라도 청산에 가자

큰 가방엔 아무것도
담지 마라
역사책은 무얼 줄이기 위해 쓰인다
죽은 자가 만들고
산 자가 읽는 책은 두꺼울 필요도 없다
오늘은 조용히 교실 뒷문으로
나오렴

이 봄이 지나면 다음 계절은 또 무엇인가
변명으로 보낸 날에 낮이 뜨겁다
벌도, 나비도, 저 만장輓章까지도
꽃 무릇 봄이 한창이다
자운영 꽃이 붉어 외눈박이 등대도
혼자 울 뿐이다

아, 나비야 젖은 운동화 꺾어라도 신고
오늘은 청산에 가자.

스키드 마크

고속도로 위에 검은 타이어 자국이 있다
무언가를 향해 달려간 사선이 선명하다
정지하려던 순간의 고통이
고무 타는 냄새처럼 역하다
사랑이 그렇다
가속도는 정지하려는 순간이 참극이다
이젠 끝이다 의식하기도 전에
온몸이 흔들린다

마침표를 생각하면 슬프다
신음하는 누군가가
쓰러져 있다
스키드 마크는 거기에
밑줄을 긋는다.

거미

여기 죽은 거미가 있다.
제 밥그릇이 장지葬地인 듯
제 생각이 그물인 듯

허공의 거미집을 보면
거미가 그물을 던졌다 하기보다
그물에 잡힌 것처럼 보인다

며칠째 꼼짝 않던 거미가
바짝 마른 미라로 발견된다
무언가를 잡으려 하던
그 줄에서 무언가에게 잡힌다
올가미를 씌운 것은 허공이 아니다
뒤늦은 부고는 체액을 타고
거미줄을 따라 사방으로 전달될 것이다

어딘가에 기대고 싶은 사람은
다 그물 하나를 짓는 것이다
거미처럼 말이다
거미는 제집에서 목을 매었다.

내 발자국은 허공에 있다

결국 잠들지 못하고 아침을 맞았다
나는 육체가 정신의 뿌리인 걸 알겠다
한때 새의 비상은 자유로운 영혼 때문이라고 믿었다
그러나 찌릿찌릿 전류가 흐르는 몸은
다발성 신경증을 앓게 하고 그 전율은
세계가 지나 온 통로로 내게 배달되었다

나의 영혼은 유물론적이며
새들이 날 수 있는 것은 뼈와 깃털의 힘일 뿐이다
진통제를 삼키는 밤은 육체가 방점을 찍는다
모든 강은 흘러 바다에 닿지만
생의 어떤 고통도, 에너지도
내 몸속에 출렁이는 바람일 뿐이다
육신의 바위섬에 잠시 머물 뿐
새는 어떤 발자국도 남기지 않았다

나는 일인용 소파에 걸터앉은 채
새벽빛에 두 다리가 두둥실
허공으로 떠오르는 것을 보았다
새는 맨발이다

알바스트로는 멀리 난다
그러나 육신이 소멸한 자는
저 방문조차 열지 못한다.

낙과落果에 대한 추론

화단에 떨어진 모과를 본다
제 악력으로 버티는 한계를 자각하며
생각과 몸집이 커졌을까?
당신과의 관계에만 집중했던 감각처럼
손아귀 힘으로 버티는 사랑은
오래가지 못했다
결별은 언제나 민감한 꼭지를 가지고 있다
결국 무게를 견디지 못했다

관계란 그런 것
뚝, 하고 떨어지면
달려든 것은 원망의 벌레들뿐이었다
때론 개미에게 갉아먹히는
이 고통을 추억이라 불러야 하나

과육이 땅바닥을 뒹굴며 썩어간다
누가 버리고 버림을 받았는지는
이미 부질없는 추론이다
버려진 뒤안에선 달이 떠오른다
한 번도 만지거나 가져본 적이 없는 감각들

사랑은 중력을 이기지 못한다
무거워지면 끝이 보인다.

천안행 고속열차

아침과 밤을 다 기억하진 못하지만
고속열차가 생기고서는
확실히 거리가 짧아진 것 같다
내가 연애하던 신촌 거리에는
아직 대학생들이 붐볐지만
추분을 지난 햇빛처럼
무언가 짧아지는 걸 느낀다
간만에 뵌 스승도 폐가처럼 허물어졌다

이게 다 가속도 때문이다
고속열차는 타자마자 목적지이다
나는 안내 방송을 들으며
하차 준비를 한다
예전 홍익문고 앞에도 그녀는 없었고
술을 끊은 늙은 스승은 행방이 묘연했다
우리가 함께한 일생이 망각으로
봉인된 것 같다

모든 게 너무 빨라 눈길 한번 주기도 어렵다
상처 때문인지 요즘은 열차도

기적을 울리지 않는다
광장에서 가장 오래 견디는 자는
술병을 든 노숙자들뿐이다.

하루

주제가 산만한 여러 회의에 쫓겨 다녔다
병원에서 침을 맞고 고속열차를 놓치지 않기 위해
세 번의 빨간 신호등을 무시했으며
어린 제자의 눈물을 보았다

막 개봉한 놀란 감독의 영화를 보고 싶었지만
벽을 쌓은 세상을 허물기에는
역량이 부족했다
비극은 뼈와 살을 파먹으며 선로 위를
자벌레처럼 천천히 기어가고
정작 천국은 없었다

터널을 지날 때마다 누구나 달려 있는
저 둥근 입이
오오 제 고통의 소리를 지르고
환청과 환각의 시각엔 노을마저 붉어
나는 알약을 챙기지 못했다
하루는 산만했고 자막은 지워졌다
그리고 감독인지 엑스트라인지도 모를
영화의 남은 분량을 위해

다시 하루가 쓰러진다
스크린에는 이 지구에서
내게 상처를 준 수많은 이름이 나열된다

오늘도 주점으로 출근하기 위해
화장하는 어린 여자와 막 하루를 종영하는
늙은 남자들은
북창동 어디에서 조우할까?
이런 생각을 하다 보면 종착지는
서울역이거나
때론 무덤이었다.

침선沈船 낚시

가라앉은 것은 다 바다에 있다
욕망에 시달리다 보면
바다가 아닌 곳에서도
출렁거리게 된다
바닥에 무언가 걸리면
큰 물고기로 착각한다
초릿대가 부러질 정도로 휘게 하는
저 물속 깊은 곳의 정체는 무엇일까

나는 외로움이 천성인 줄 알았다
누군가를 사랑하지 않고서는
배길 수가 없었다
내 평생의 투쟁은
이 가난한 바닥에서 나를 달래줄
행성이나 별을 찾아내는 것이었다
당신이 그런 상대이기를
기대했었다

유기된 자아, 빈방에 혼자
버려진 아이가 울고 있다

입질이 온다, 그러나 너무 강하게
나를 당기는 것은
어쩌면 물고기가 아니다
나는 알 수도 없는 상대와
씨름을 한다
그 몰입을 사랑하고 있다

어초에 바늘이 걸렸다면
끊어내야 남은 채비라도 살릴 텐데
아, 심약한 내가 어떻게 그런 결정을
내릴 수 있나?

그 깊은 수심에서
나를 당기는 힘은 구원이 아닐지 모른다
삶은 부력이 약하다
나는 바다가 무섭다.

달의 뒷모습

새벽달을 본다
내가 저만치
거리를 두고 바라보던
그러나 조석으로
나의 생각을 당기던
그 달을 본다

어느새 중력은 원형으로 차올라
서리 가득한 마음자리가
하얀 눈밭 같다

달이 천 개의 강에
비친다고
천 개의 강을
사랑하진 않는다
나는 참 눈치가 없었다
입덧도 없이 만삭이 된
저 흰빛……

너를 부풀게 한 사내는

누구일까?
뒤늦게 먹구름 같은 얼굴로
짐작만 할 뿐이다

그러고 보니 달의 뒷면을
한 번도 보지 못했다
너의 속마음을
통 몰랐다는 뜻이다.

첫눈 오던 날

낮은 덤불 끝까지 올라가 발돋움하여도
저 높은 담장의 세상은 보이지 않아
나는 불안했다, 자꾸 그늘에 가려
하나를 얻으면 둘을 잃는 시간
포기해야 할 게 많아 시작해야 할 문장을 찾지 못했다

사랑이란 참 어이없는 믿음이다
스타벅스 간판 불빛을 보고 가끔 여기가
뉴욕인가 하는 착각,
뜨겁게 삼킨 커피에 입천장은 벗겨지고
명백한 건 모두 유물론적이어서
시린 손발이 느끼는 통증은 육체의 몫이었다
언제부터인가 나는 전복되었다

커피를 든 채 미끄러져 팔꿈치를 찍었다
신음은 강하고 짧았다
아, 첫눈이 다 뭐야
이런 비극적인 기록은 후세의 사가史家에게 맡겨야 한다
말랑말랑한 것은 모두
새들의 방향으로 떠났다

공터의 관목에선 얼어붙은 열매가
심장처럼 붉었다

해마다 첫눈은 내릴 것이고
나는 사랑을 잊었다
더 이상 내줄 게 없는 여백으로
나는 아프게 걸어갔다
해마다 겨울은
더 길 것이다.

북미에 비 내리면

시애틀 해변에서 삼양라면 봉지를 발견했다
너도 참 부질없이 노력했구나
각인기라는 게 있지
처음 눈 뜨고 맞는 세상,
망막에 새겨진 첫 그림이 평생을 좌우한다
마음에 들지 않는다
그러나 선택하지 않은 조건이 대개 일생을 흔든다
흐르는 물 같은, 물 같아서 잘 어울렸지만
가난하고 슬펐던 나의 외곽이
뒤늦게 허물어진다

나는 단단한 게 무언지 모른다
씻겨 가는 것과 남는 그 무엇 사이에
바다가 출렁이고 라면 봉지가 너울댄다
한생이 엠티 같아서 여기가
신두리 해변인 줄 알았다
물에 빠뜨리고, 물에 빠지며
라면에 강소주를 들이키던 결핍의 얼룩
마주치는 동양인의 피자 같은 얼굴에도
한반도가 토해 낸 표식이 새겨져 있다

허기진 영혼은 멀리 떠돈다
라면 봉지가 물결에 너울댄다
처음 본 이국의 해변을 각인하듯
겨울비가 내리고 있다.

투신

비 온 날 유리창에 맺히는 물방울을 본다
유리 외벽의 마찰력과
거기에 비례하는 중력의 힘을 본다
어딘가에 매달려 본 사람은 안다
형태를 지켜내려는 표면장력과
파국으로 이끄는 충동이
이율배반적으로 한 몸뚱이에 담긴다는 것을……
그래서 영혼이 가벼운 자들은
생의 이면이 어둠인 것도 안다

이 지구의 모서리에 맺히는 것마다
눈물 아닌 것이 있을까?
매달린 마음이 매달린 슬픔을 안다
손을 놓으면 투신인 세상이다

그 어떤 죽음도 바닥에 닿기 전까진
아름다운 비행이었다.

에필로그

남자들의 마음이란 바다를 담기도 하지만 용렬해지면 바늘 하나 꽂기 어렵다. 그것은 여汝와 같아서 섬이 되었다가도 물속 암초로 바뀌는 것이다. 그러나 그 본질은 잘 바뀌지 않는다는 것, 대개 남자들은 사람을 만나는 데 유연하지 못하다. 그래서 나이가 들수록 우정은 새롭게 시작하기 어렵다.

연구년을 계기로 지난 이 년간 머문 플로리다에서 두 사람을 만났다. 주州 정부의 강 박사, 그리고 플로리다 주립대의 이 교수, 가끔은 교육부의 오 과장이 합류하기도 했다.

특히 정이 많고 남을 잘 배려해 주는 강 박사와는 서로의 가족들과도 유대가 깊었다. 두 가족은 자주 캠핑이나 소풍을 갔다. 그와는 날마다 바닷가에 서 있었다. 이번에도 귀국을 앞두고 세인트앤드루스, 오칼루사 피어로 낚시를 갔다. 세상의 모든 별과 물고기들이 푸른 인광을 내며 밤바다에서 자맥질을 치는 광경을 보았다. 그런데 함께 밤새 낚시를 해도 아쉬움이 남았다. 무엇이 이별을 두렵게 하는 것일까? 우리는 다시 재회하겠지만 이젠 더 이상 소소한 일상을 나누는 이웃으로 살기 어렵다는 것이다. 굴절된 시간과 공간은 지금의 편하고 친근한 관계를 간섭할지 모른다.

플로리다를 떠나기 전날, 이별의 만찬을 했다. 그런데 자꾸 대화가 끊기고 슬픔이 밀물져 왔다. 마음이 여처럼 수면

아래로 가라앉으니 서로 눈을 마주치기도 어려웠다. 그의 붉어지는 눈시울을 외면하려고 한국에서 가져온 소주를 맥주에 부었다. 그도 나도 취하지 않는 밤이었다. 그는 다음 날 우리 가족이 떠나는 모습을 보려고 월차를 냈다. 함께 아침을 먹고 커피를 마셨다. 그리고 천천히 우리 아이들을 포옹해 주었다. 바다낚시를 해 본 사람은 보이지 않는 물 밑 조류가 얼마나 세찬지 알고 있다. 드디어 우리도 마지막 악수를 나누었다. 이토록 친근한 사람을 이웃으로 이젠 볼 수 없다는 사실이 슬펐다. 나는 마음의 무게중심을 놓치지 않으려 애를 썼다. 참으려고 하니 쿡쿡, 조기나 민어처럼 속울음 소리가 났다. 급히 차의 시동을 걸고 창문을 올렸다.

여汝는 조류가 들면 물속에 가라앉는다. 그러나 본질은 바뀌지 않는다. 플로리다 어느 해변에 그를 홀로 두고 온 기분이다. 어쩌면 어부였던 나를 두고 온 건지도 모른다.

'바다' 그 매혹의 심연

고봉준(문학평론가)

아우슈비츠 이후에 서정시를 쓰는 것은 가능한가. 철학자 아도르노는 끔찍한 폭력으로 얼룩진 야만의 시대에 '문화'의 존재 의미를 되묻기 위해 이렇게 질문했다. 하지만 이후 이 질문은 발화 주체의 의도와 달리 종종 '서정'의 불가능성에 대한 알리바이, 또는 현대 예술의 방향성에 대한 정언명령[categorical imperative]으로 통용되고 있다. 문명의 맨얼굴, 그 뒤틀린 욕망의 음화淫畫를 목격한 사람들에게 예술은 기쁨의 고양된 감정이 아니라 고통의 증언일 수밖에 없었고, 폭력의 틈바구니에서 살아남은 시인들의 언어 역시 조화와 아름다움보다는 불협화음과 추醜를 선호했기 때문이다. 여영현의 시를 읽으면서 '아우슈비츠'를 떠올린 이유는 '세월호' 이후에 '바다'를 배경으로 시를 쓰는 일이 어떻게 가능한가 하는 물음을 버릴 수 없었기 때문이다.

여영현 시집은 자연 대상, 특히 '바다'로 표상되는 '물'의

상상력을 중심으로 서정적인 세계를 구축하고 있다. 근대
시에서 '바다'는 동경의 대상인 이상적 세계의 표상이거나,
낯선 시간이 도래하는 문명 교류의 공간으로 그려졌다. '바
다'에 대한 이런 긍정적 투사는 "사월은 혁명보다 바다에 어
른거리는/ 둥근 입들의 절규를 떠올리게 한다"(「슬픈 황해荒
海」)라는 진술처럼 '바다'가 "잘못 삼킨 무언가를/ 끊임없이
토해 내는 일"과 그로 인한 "눈물의 아우성"으로 기억됨으
로써 불가능한 것이 되었다. 지금 우리에게 '사월'은 '혁명'
이 아니라 '세월호', 그러니까 "말 잘 듣는 아이"와 "둥근 입
들의 절규"로 기억된다. 사정이 이러함에도 불구하고 여영
현의 시에서 시인-화자의 삶은 '바다'를 배경으로 하고 있
다. 비단 바다만이 아니다. 그의 시는 밤, 바다, 별, 꽃, 나
무 등의 자연적 대상을 기본 형질로 삼고 있거니와, 그것은
초음파에 찍힌 태아의 형상마저 "희미한 은하의 모습"(「은하
계 사진」)에 비유하는 장면에서 구체적으로 확인된다.

화단에 떨어진 모과를 본다

제 악력으로 버티는 한계를 자각하며

생각과 몸집이 커졌을까?

당신과의 관계에만 집중했던 감각처럼

손아귀 힘으로 버티는 사랑은

오래가지 못했다

결별은 언제나 민감한 꼭지를 가지고 있다

결국 무게를 견디지 못했다

관계란 그런 것
뚝, 하고 떨어지면
달려든 것은 원망의 벌레들뿐이었다
때론 개미에게 갉아먹히는
이 고통을 추억이라 불러야하나

과육이 땅바닥을 뒹굴며 썩어간다
누가 버리고 버림을 받았는지는
이미 부질없는 추론이다
버려진 뒤안에선 달이 떠오른다
한 번도 만지거나 가져본 적이 없는 감각들
사랑은 중력을 이기지 못한다
무거워지면 끝이 보인다.

—「낙과落果에 대한 추론」 전문

　여영현의 시 대부분은 우리가 일상에서 흔히 목격할 수
있는 풍경들, 특히 자연현상을 삶에 대한 성찰의 계기로 전
유하는 서정적 동일화의 방식을 취하고 있다. "화단에 떨
어진 모과"를 우연히 발견하고 그것에서 '관계'를 읽어내는
시인의 시선이 그렇다. 이러한 발견의 시선은 "비 온 날 유

리창에 맺히는 물방울"(「투신」)을 보고 "어딘가에 매달려 본" 사람의 경험을 형상화하는 것, "시애틀 해변에서 삼양라면 봉지를 발견"(「북미에 비 내리면」)하고 먼 곳을 떠도는 "허기진 영혼"에 대해 생각하는 것, "고속도로 위에 검은 타이어 자국"(「스키드 마크」)에서 어떤 것의 '끝'을 떠올리는 장면 등에서도 동일하게 반복된다. 이처럼 여영현의 시는 좀처럼 일상의 범위를 벗어나지 않는다. 일상적인 삶의 풍경에서 자기 성찰의 계기를 발견하고, 그것을 삶에 대한 반성적 시선으로 전유함으로써 시에 윤리적 방향성을 부여하는 것, 그것이 여영현 시의 기본적인 정조[mode]이다. 화자는 화단에 떨어진 모과, 즉 '낙과落果'에서 '한계'를 발견한다. 여기에서 '한계'란 관계의 해체를 뜻한다. 화자에게 모과의 추락은 나무로부터의 분리라는 사건으로, 그리고 그 분리는 모든 인간관계가 그러하듯이, "제 악력으로 버티는" 것이 한계치를 넘어선 결과로 인식된다. 그에게 이러한 분리는 단순한 자연현상이 아니라 모든 '관계'의 끝에 대한 진리로 경험되거니와, "원망의 벌레들"과 "고통"은 관계의 해체가 우리에게 남기는 심리적인 상흔이다. 그런데 시인의 이러한 발견에는 우리가 자연현상으로서의 '낙과'에서 미처 깨닫지 못하는 인간적 진실이 한 가지 포함되어 있다. 상식적인 차원에서 '낙과'란 '모과'가 '나무'에서 떨어진 것으로 이해되지만, 실상 관계의 해체란 "누가 버리고 버림을 받았는지는/ 이미 부질없는 추론이다"라는 진술처럼 존재하던 '관계'가 사라지는 것이지 어느 한쪽이 다른 한쪽을 버리는 문제가 아닌 것이다. 그런 점에서 관계의 '해체'는 그것을 경험한 모두에게 영향을 끼친다.

여기 죽은 거미가 있다.
제 밥그릇이 장지葬地인 듯
제 생각이 그물인 듯

허공의 거미집을 보면
거미가 그물을 던졌다 하기보다
그물에 잡힌 것처럼 보인다

며칠째 꼼짝 않던 거미가
바짝 마른 미라로 발견된다
무언가를 잡으려 하던
그 줄에서 무언가에게 잡힌다
올가미를 씌운 것은 허공이 아니다
뒤늦은 부고는 체액을 타고
거미줄을 따라 사방으로 전달될 것이다

어딘가에 기대고 싶은 사람은
다 그물 하나를 짓는 것이다
거미처럼 말이다

거미는 제집에서 목을 매었다.

―「거미」 전문

  여영현의 시 가운데 「현상의 힘」이라는 작품이 있다. 이
작품의 핵심은 "나는 물질보다는/ 현상을 좋아한다"라는 짧
은 진술에 함축되어 있다. '물질'과 '현상', 이 시에서 화자는
엄마에게 스마트폰을 빼앗기고 울다가 등교한 딸의 '눈물'을
대표적인 '현상'이라고 주장하고 있다. 시인에게 '눈물'은 신
체 기관에서 흘러내리는 액체가 아니라 내면의 슬픈 상태가
가시화된 증상의 일종이었던 것이다. '물질'과 '현상'을 구분
하는 시선에 기대어 「거미」를 읽으면 우리는 거미줄에 갇힌
채 "바짝 마른 미라"의 모습으로 죽어 있는 '거미'의 형상 역
시 '물질'이 아니라 '현상'으로 읽을 수도 있을 듯하다. 화자
는 '죽은 거미'를 본다. 그런데 그 '거미'의 죽음이 인상적인
까닭은 '제 밥그릇' '제 생각' '제집'이라는 표현처럼 거미가
자신이 만든 거미줄에 걸린 채 죽어 있기 때문이다. 비유적
으로 말하자면 거미는 '그물'을 던지는 존재인데 그것의 죽
음은 "그물에 잡힌 것"처럼 보였을 것이다. "거미는 제집에
서 목을 매었다."라는 마지막 문장이 '죽음'이라는 생물학적
인 사건보다 한층 비극적으로 다가오는 것은 그 죽음이 '제
집'에서 발생했기 때문이다.
  시인에게 '죽음'은 '물질'이 아니라 '현상'이다. '거미'의 죽
음에 대한 시인의 관심은 결코 우연한 것이 아니다. '죽음'

은 '삶'이라는 단어와 더불어 여영현의 시 세계 전체를 지탱하는 실존적 문제의 하나이며, 이 시집 전체가 '죽음'에 할애되었다고 말해도 과장이 아니다. 시인은 시집의 첫 페이지에서 이미 "삶과 죽음으로 수런거"(「민어 낚시」)리는 '바다'를 제시하고 있거니와, 이러한 '삶'과 '죽음'의 공존은 "종착지는/ 서울역이거나/ 때론 무덤이었다."(「하루」)라는 진술처럼 '도시'를 생명의 공간인 동시에 죽음의 공간으로 인식하는 데까지 이어진다. 여영현의 시에서는 '바다'가 그러하듯이 '도시' 또한 삶과 죽음, 생성과 소멸이 공존하고 교차하는 세계이다. 그리하여 한편으로 시인은 도처에서 '삶'의 흔적을 발견하려고 안간힘을 쓰는데, "꽃은 벌써/ 진 자리에서 다시 피고 있다."(「꽃 진 자리」)처럼 '죽음'을 통과하여 새롭게 꽃 피는 자연의 생명력이나, "나는 입자나 파장을 좋아한다/ 그런 것들이 나의 눈에 포착되었을 때/비로소 생명이 자라기 때문이다"(「현상의 힘」)처럼 객관적인 현상을 주관적으로 전유하여 의미를 부여하는 행위들이 그런 노력의 흔적들이다. 하지만 여영현의 시는 '삶'보다는 '죽음'에, '생명'보다는 '소멸'에 한층 많은 에너지를 투사하고 있다. 시인의 시선은 나무에 탐스럽게 매달려 향기를 내뿜는 절정의 과일보다는 화단에 떨어져 썩어가는 과일에, 허공에 그물을 던져 먹이를 사냥하는 거미의 강인한 생명력이 아니라 자신이 만든 그물에 목을 매달아 미라처럼 말라 죽은 거미를 향하고 있다. 죽음과 소멸에 대한 시인의 관심은 인간에게 있어서도 예외가 아니어서 그는 도심의 한가운데에서도 "폐가처럼 허물어"진 스승과 "술병을 든 노숙자들"(『천안행 고속열차』)
을 발견할 뿐이다. 이러한 죽음과 소멸에 대한 염려는 특히
시집의 2부에 집중되어 있다.

모삿그릇을 챙겨

산에서 돌아오던 날,

불도 켜지 않은 채

어머니의 장롱을 정리한다

어둠 속에서 꺼내는 옷가지마다 오래도록

코끝에 대고 냄새를 맡는다

방 안에는 나프탈렌 향이

자욱하다

시간의 포충망에 사로잡히는

이 해묵은 냄새,

묵은 옷을 꺼내 입을 때

우리는 그 무엇의 냄새를 맡는다

있는 듯하며 없는 것,

없는가? 하면 풀풀 냄새를 풍기며

제자리를 찾아드는 것,

그래서 사람은

세상 밖으로

갑자기 사라지는 신기루가 아니다

나프탈렌처럼 진한 체취로 좀을 없애고

집 안의 벌레들도 쫓고

부지런을 떨다가 아주 조금씩

공기 중에 제 흰 살갗을 부비며

서서히 사라진다

옷의 크기를 줄여 입던 어머니의 작아지는 몸집을

볼 때마다 그렇게 생각했다

—「삼우제」부분

    여영현의 시에는 '죽음'을 지시하는 시어들, 예컨대 부고, 문상, 상가喪家, 장지葬地, 부재 등의 시어들이 빼곡하다. 그리고 이러한 '죽음'의 중심에는 지금은 "한 장 사진으로만 남"(「엄마 밥상」)은 '어머니'의 죽음이 있다. 누구나 타인의 죽음에 대해서는 "나고 죽는 일이야/조석으로 반복"(「슬픈 황해荒海」)되는 것이라고 쉽게 말할 수 있지만, 가까운 가족의 죽음 앞에서 초연할 수 있는 사람은 드물다. 그러므로 인용 시의 시적 상황과 "나는 서울로 문상을 간다"(「꽃 피는 상가喪家」), "문상을 다녀오던 길은 벌써 세 시"(「부재중不在中 전화」), "상가喪家에서 친구 누나를 봤다"(「여수」) 등의 상황을 동일하다고 말할 수는 없다. 그렇지만 이 죽음들에서 시인이 발견하는 것은 비슷한데, 그것은 '부재' 또는 '흔적'이라고 이

야기할 수 있다. 삼우제三虞祭를 끝내고 집에 돌아온 화자는 어머니의 장롱을 정리하다 불현듯 옷가지에서 풍기는 냄새를 맡는다. 추측건대 그것은 어머니의 체취와 나프탈렌 향이 뒤섞인 것일 터인데, 화자는 그 냄새에서 '죽음'이 단순한 사라짐일 수 없다는 인식을 얻는다. 시인에게 죽음이란 "오랜만에 죽은 자의 번호를 눌렀다/ 벌써 전화를 받지 않는다"(「부재중不在中 전화」)라는 진술에서 암시되듯이 '부재'를 의미하는 것이지만, "액정에 뜬 전화번호"가 증명하듯이 일정 시간 동안 존재의 '흔적'을 남긴다는 점에서 완전한 무無는 아닌 것이다. '흔적'에 대한 이러한 감각은 다음의 작품에서도 동일하게 반복된다.

> 그 여자가 쓰다가 비운 방은 먼지로 가득하다
>
> 작은 보풀들, 나뭇잎 부스러기, 실오라기
>
> 먼지가 될 만한 것들이 천천히 허공을 유영하다
>
> 잊힌 여자가 우주 탐사선같이 처음의 발자국을
>
> 바닥에 꾹꾹 눌러 놓은 채 사라졌다
>
> 문을 열면 그 사랑의 체적이 먼지로 쌓여 있다
>
> 상처가 먼지를 필요로 하는가,
>
> 누군가 머물다 간 공간은 꼭 그 무엇을 필요로 하고 있다
>
> 어느 틈새인지 스스로의 무게를 견디지 못하는 것은
>
> 모두 먼지로 내려앉았다
>
> ──「화석을 발견하다」 부분

관계가 끝난 자들에겐
특유의 빛이 남는다
버려진 자들이 가지는
핼쑥한 반감反感,
잘 보이지 않는 편린이 어른거린다

내겐 지난 흔적도 아픔이다
당신은 이런 잔영을 의식하고나 있을까
다시 잠들기 어려운 새벽 자리에
낮달이 쓸쓸히 지나고 있다.

—「낮달」부분

　'흔적'은 어떤 것이 한때 존재했었다는 사실과, 그럼에도
불구하고 지금은 현존하지 않는다는 사실을 동시에 표현한
다. 한 존재의 부재不在의 기원이 '죽음'인지 '이별'인지의 여
부와 상관없이 모든 헤어짐은 '흔적'을 남긴다. 그런 점에서
'흔적'에 대한 시인의 사유는 "빛나는 것은 모두 잠깐이다/
사랑도 순간이다/ 원래 아름다움에는 슬픔이 있다"(「갈치잡
이」)에 나타나는 '슬픔'에 대한 성찰과 연결된다. 어쩌면 이
러한 '흔적'에서 자유로울 수 없다는 것, 그리하여 모든 만남
이 '슬픔'으로 귀결될 수밖에 없는 것은 유한자인 인간의 운
명인지도 모른다. 그렇지만 '흔적'이 환기하는 '부재'와 '슬
픔'의 운명에도 불구하고 누군가는 '이별'이 아닌 만남에만,

'죽음'이 아닌 '삶'에만 관심을 쏟는다. 하지만 동일한 상황에서 시인은 만남보다는 '이별'에, '삶'보다는 '죽음'에 한층 예민하게 반응하고 있다. 시인에게 '흔적'은 부재를 증명하는 것이므로 "내겐 지난 흔적도 아픔이다"(「낮달」)라는 진술이 가능해진다. '흔적'에 주목할 때 여영현의 시적 성취는 절정에 도달한다. 그는 '낮달'이라는 일상적인 현상에서도 "버려진 자들이 가지는/ 핼쑥한 반감"(「낮달」)과 같은 '특유의 빛'을 발견하는 감수성을 지녔다. 실제로 여영현의 이번 시집에서 반복적으로 목격되는 하강 이미지, 요컨대 추락, 죽음, 이별, 상실 등의 이미지들은 한때나마 어떤 것이 이 세상에 존재했었음을 알리는 '흔적'의 기호들이다. 한평생을 살아간다는 것은 무수한 만남과 이별을 경험하는 과정이다. 때로 그 '이별'은 "이젠 당신을 미워하는 일이/ 내게 남은 연료다"(「모하비사막」)처럼 부정적인 정동[affect]을 낳지만, 또 때로는 "내 지병은 그리움인 걸 안다"(「내 마음의 수몰 지대」)라는 진술처럼 삶을 이어가는 욕망의 동력이 되기도 한다.

제주는 섬이라서 바다가 아주 많다
수평선엔 집어등을 밝힌 고깃배로 사방이 환하다
잠깐 환한 것이 그리움을
이기는 것처럼 보였다

나는 그 바다에서 또릿또릿하게 눈 뜬

물고기를 낚고 싶었다
바다 한가운데서
역설적으로
바다를 잊고 싶었다

별똥별이 물빛 속으로 사라지며
푸른 인광을 남긴다
희망 고문이란 말을 아는가,
나는 물속 깊이 낚싯줄을 내리며
무얼 기다리는지도 모른 채
기다리고 있었다
소식이 없는 바다는 외로운 곳이다

아니라 했으면 진작 떠났을 것이다
떠났으면 벌써 잊었을 것이다
이 애매한 간극에서 물결은
일렁인다
바다 한가운데서 바다를 잊을 때는
온전히 기다리는 대상에
빠진 때이다

당신은 원래 없었다

제주는 섬이어서

온통 바다뿐,

바다에 일렁이는 내 생각뿐……

어쩌면 나도 없었다.

—「슬픈 부재不在」 전문

　여영현의 시적 감성은 '바다' 또는 '물'과 결합될 때 빛을
발한다. 인칭화된 '죽음'이 중심인 시집의 중반부가 다소 산
문적인 느낌이라면, 명시적으로 '바다'가 핵심적인 이미지
인 시집의 전반부는 시적 컨텍스트가 생략되고 이미지들의
계기적 연속성이 두드러짐으로써 한층 서정적인 느낌을 준
다. 화자는 지금 "온통 바다뿐"인 '제주'에서 낚시를 하고 있
다. 그에게 바다는 숱한 감정을 촉발시키는 공간인데, 여
기에서는 "나는 물속 깊이 낚싯줄을 내리며/ 무얼 기다리는
지도 모른 채/ 기다리고 있었다/ 소식이 없는 바다는 외로
운 곳이다"라는 표현처럼 기다림과 외로움의 공간이다. 실
제로 시인에게 '바다'는 "그리운 자에게 모든 곳은/귀양지이
다"(「유배지 소식」), "저녁이 오자 해변의 외곽이 허물어지고,/
세상은 객지라서 다 외로웠다"(「여수에 내리는 비」), "물고기 입
질이든/ 당신의 연락이든/ 끝닿는 데서 기다리는 게 낫겠다
고 생각했어요"(「모항에서」) 등처럼 인식의 대상이 아니라 정
서를 촉발시키는 세계이다. 왜 화자는 '바다'를 찾았는가?
"바다 한가운데서/ (…중략…)/ 바다를 잊고 싶었"기 때문이

다. '낚시'를 할 때 화자는 종종 바다 이외의 것들을 망각한다. 가령 "작은 쪽배면 족하다/ 짧은 낚싯대 하나면/ 나는 이생을 견딜 수 있다"(「민어 낚시」)라고 말할 때, 화자는 '낚시'를 통해 잠시나마 세상사에서 벗어나려는 욕망을 드러낸다. "인터넷도 신문도 없이/ 물고기만 낚으리라"(「노인과 바다」)라는 진술에서도 '낚시'는 '인터넷', '신문' 등으로 상징되는 세속적 질서와 대비된다. 요컨대 지금 화자가 제주에서 '낚시'에 집중하려는 것은 수평선을 밝히고 있는 집어등이 그렇듯이 "잠깐 환한 것이 그리움을/ 이기는 것처럼" 보이기 때문이고, 같은 맥락에서 '낚시'에 집중하는 동안에는 다른 것에 에너지를 쏟지 않아도 된다고 판단했기 때문이다. 이처럼 화자에게 '낚시'는 어떤 것을 낚아 올리기 위한 것이 아니라 특정한 것을 잊기 위한 행위처럼 보인다. "바다 한 가운데서 바다를 잊을 때는/ 온전히 기다리는 대상에/ 빠진 때이다"라는 진술은 이러한 맥락에서 등장한다. '낚시'에 온통 신경을 집중할 때 우리의 의식에서 '바다'는 사라진다. 동시에 내가 생각하던 '당신'과 '나'도 사라진다.

> 가라앉은 것은 다 바다에 있다
>
> 욕망에 시달리다 보면
>
> 바다가 아닌 곳에서도
>
> 출렁거리게 된다
>
> 바닥에 무언가 걸리면

큰 물고기로 착각한다
초릿대가 부러질 정도로 휘게 하는
저 물속 깊은 곳의 정체는 무엇일까

나는 외로움이 천성인 줄 알았다
누군가를 사랑하지 않고서는
배길 수가 없었다
내 평생의 투쟁은
이 가난한 바닥에서 나를 달래줄
행성이나 별을 찾아내는 것이었다
당신이 그런 상대이기를
기대했었다

유기된 자아, 빈방에 혼자
버려진 아이가 울고 있다

입질이 온다, 그러나 너무 강하게
나를 당기는 것은
어쩌면 물고기가 아니다
나는 알 수도 없는 상대와
씨름을 한다
그 몰입을 사랑하고 있다

어초에 바늘이 걸렸다면

끊어내야 남은 채비라도 살릴 텐데

아, 심약한 내가 어떻게 그런 결정을

내릴 수 있나?

그 깊은 수심에서

나를 당기는 힘은 구원이 아닐지 모른다

삶은 부력이 약하다

나는 바다가 무섭다.

—「침선沈船 낚시」 전문

　여영현 시의 중심에는 '죽음-이별-추락'으로 연결되는 거대한 하강下降 이미지가 자리하고 있다. 이 시에서 그것은 침몰, 즉 '가라앉은 것'으로 표상된다. 그런데 이 시의 첫 행을 유심히 살펴보자. "가라앉은 것은 다 바다에 있다"라는 진술은 '바다'가 침몰의 장소라는 상식적인 의미보다 가라앉은 모든 것들의 귀착지가 '바다'라는 의미가 더 강하다. '바다'는 가라앉은 것들의 종착지, 화자는 그곳에서 "저 물속 깊은 곳의 정체"를 상상하면서 낚싯대를 던진다. 그런데 여기에서 흥미로운 상상의 연결성이 존재한다. '가라앉은 것'과 '바다'가 결합하여 '바닥'이라는 시어를 낳더니, 2연에서는 그것이 "내 평생의 투쟁은/ 이 가난한 바닥에서 나를 달래줄"처럼 특정한 공간성을 가리키는 '바닥'으로 이어진다.

그런데 왜 화자는 자신이 속한 세계, 즉 '바닥'을 '가난한' 곳이라고 표현하고 있을까? 그것은 "나는 외로움이 천성인 줄 알았다"에 암시되어 있듯이 '외로움' 때문이다. 이 '외로움'이라는 정동으로 인해 '바닥'은 3연에서 "빈 방에 혼자/ 버려진 아이가 울고 있다"라는 표현되는데, 그것은 '외로움'을 경험하고 있는 화자의 내면을 암시하는 객관적 상관물이라고 말할 수 있다. 이처럼 '바다'에서 '바닥'을 거쳐 '빈 방'으로 이어지던 상상의 계열은 4연에서 다시 '바다'로 돌아온다. 다만 이때의 '바다'는 물리적, 자연적 세계가 아니라 "어쩌면 물고기가 아니다/ 나는 알 수도 없는 상대와/ 씨름을 한다"처럼 추상화된 세계이다. 시인은 '바다'에서 정체를 알 수 없는 것이 자신이 끌어당기는 '몰입'을 경험하고 있다. 그것은 어초에 걸린 바늘처럼 자신의 '결정'을 통해 벗어날 수 있는 것이 아니라는 점에서, 인간의 주체성과 능동성을 작동 불가능한 상태로 만든다는 점에서 '매혹[fascination]'에 가깝다. 일찍이 철학자 모리스 블랑쇼는 '매혹'은 "우리에게서 의미[sens]을 부여할 수 있는 능력을 앗아가고, 매혹시키는 바로 그것이 지닌 감각적인[sensible] 본성을 포기하고, 세계를 포기하고, 세계 이쪽으로 물러나 거기로 우리를 이끌고, 더 이상 우리에게 드러나지 않지만 그런데도 시간의 현재와 공간 속의 현전과는 낯선 현전 속에서 긍정된다."라고 썼다. 이러한 '매혹'은 주체로부터 능동성을 제거한다는 점에서 '무서운 것'이기도 하다. "바다는 깊고 그 깊은 수심에서/ 나를 당기는 힘은 구원이 아닐지 모른다/ 삶은 부력이 약하다/ 나는 바다가 무섭다."라는 화자의 고백은 정확히 그가 '바다'에 매혹된 상태임을 말해 준다. 하지만 '매혹'은 또한 문학이 시작되는 지점이라는 점에서 부정적인 것만은 아니다. "쓴다는 것은 매혹이 위협하는 고독의 긍정으로 들어서는 것이다(블랑쇼)."라는 말처럼 '매혹'된 존재는 '고독' 속에서 무언가를 쓴다. 하지만 그것은 주체의 능동성이 제거된 상태에서의 글쓰기라는 점에서 전적으로 화자가 소유한 언어만은 아니다. 여영현의 시에서 그것의 절반은 '바다'의 몫이다.